Αίλουρος

Виктор Боммельштейн

# *Мы не знаем*

Ailuros Publishing
New York
2012

Victor Bommelstein
We do not know

Ailuros Publishing
New York
USA

Над книгой работали:

*Ирина Глебова* (рисунок, идея дизайна обложки),
*Елена Баянгулова* (компьютерная обработка рисунка),
*Елена Сунцова* (редактирование, вёрстка, дизайн обложки).

Подписано в печать 20 февраля 2012.

Издатель Елена Сунцова.
Прочитать и купить книги издательства «Айлурос» можно на его официальном сайте: **www.elenasuntsova.com**



ISBN 978-0-9838762-4-3

# Часть первая.

## *Две рыбы*

# Мир дремлющий

* * *

Я долго наблюдал работу крана.
Сквозь утренний недвижный воздух, в тишине
Он робко двигался, и грустно стало мне.
Как будто старая заныла рана.
Так дальний лай бывает слышим в полусне.

* * *

Как будто умер кто-то вроде птицы,
Как будто вдоль дороги жухлая трава,
Когда безумьем ночь спешит смениться,
На ум приходят странные слова.
Над серым полем слабое мерцанье,
Под старым домом сор и пустота.

## *Старуха*

И улицей идёт медведь, и наводнился
Народом праздным город в ноябре.
И в шубу страх закутанный приснился —
Огромный сонный зверь блаженствует в норе.

Планет зажёгся свет над дальними домами,
Ещё сквозь сон я понимаю — падал снег,
И ангелов в полях ещё заметны очертанья,
Но всадники в ночи свой не смиряют бег.

*Когда умирает звезда*

Заплачут звери над равниной снежной,
Когда огни зажгутся в брошенных домах
И чудится, что голос тихий, нежный
О страшном возвещает в небесах

На север увлечёт сиянием усталость,
Где сонные стада таятся в глубине
И то немногое, что домерцать осталось
В движении немом одной больной звезде.

Не синий страх, а только свист протяжный
Висит над крышами неведомых домов —
Окно я отворю и пустоту увижу,
Но память утвердит остаток странных слов.

*        *        *

Говорят, что царь Юстиниан
Присвоил всем птицам офицерские звания.
Так благоразумный книжник
Из древних книг выносит только нужные знания,
Так отдыхает крокодил на болоте,
Так замирает стрекоза на бреющем полёте,
Так Фома и Ерёма, торговые люди,
Замечены были лихими бурлаками.

*    *    *

Осталось только смутное мечтанье
От тех домов, что высились вдали.
И можно ль знать, в какие страны тайны
Туманным утром уплывают корабли?

Ах, славы средь людей достойнее усталость,
Слонами мрачными оставлен Аннибал.
Так северных путей в ночи душа боялась,
И разум странного величия трепетал

* * *

Он погружён в молчанье, но
«Кто ты такой, скажи?» — «Я император».
Так сквозь решётку в мрачную темницу
Луч угасающего солнца проникает.
Носить достойно скиптр и державу,
Вдвойне достойнее склониться под ножами.
Не всё тюрьма, вдали, над небесами
Обители прекрасны словно сон.

*   *   *

Летать легко и умереть легко.
Но надо ли умом тянуться к лесу,
Гулять и гладить улетевших птиц,
Как будто снам деревья неподвластны
И травы не уходят в странный мир?
Пройдём неслышно, канем незаметно
В сиянии сов услышим облака.

*Любовь — вещь школьная*

Погасли окна, но горит как прежде
Над крышами Арктур — возможен мир иной.
Над старой картой смутной следуя надежде,
Мечтою день оцениваю твой.

Тот свет нельзя пройти, но ловит отраженье
Смущённая душа в прекрасных тихих снах,
Победой странной обернётся пораженье, —
Волшебные цветы — лишь в призрачных лесах.

Так, вдруг остановившись, замечаешь
Над спящим городом туманный эмпирей
И утренней совой неслышно убываешь
В страну прошедших и небывших дней

*          *          *

Как девочка-король, что царствует средь ив,
Так, времени изгой, я следую за снами,
Так позднею весной морской залив
Смиренноокими наполнится китами.

Ах, снова вечер: жолтыми огнями
Забытый путь ведёт в запретный мир.
Но мимо птицы проплывают кораблями,
И в смутный отзвук обратился прежний пир.

Но всё же чудится за дальними лесами
Обитель тайная, где власть детей и птиц,
Где всходит тихими и нежными ночами
Над гулом поездов мерцание зарниц

*   *   *

Городские путешествия больших собак,
Цеппелины в вечереющем небе.
В прибольничной роще кричала сова,
Самовар не гудел — нет у меня самовара.

Перед волей, ах, перед тем, как освободиться от оков
Последний раз смотрю на дома и нивы.
Скоро увижу альбатросов, увижу китов,
Святого сумрака золотые разливы.

## Другие стихи

*Сады и птицы*

1

Как пугается слон, когда
Начинает вдруг лаять ландсир,
Так и душа моя трепещет твоего взгляда,
Когда ты отрываешь его от тетрадей и книг
И смотришь на меня.

Как человек не может победить барсука,
Так и моя рука
Теряет привычную власть над ручкой, или карандашом,
Или циркулем
И, как замёрзшая на лету птица,
Валится на поверхность стола,
Когда ты на меня смотришь

Как полинезийцы во время семейных праздников
Достают из специального чулана мумии предков
И сажают за общий стол,
Так и я достаю из чулана своей памяти
Следы твоего взгляда,
Когда ты не хочешь больше видеть меня.

Жизнь моя уходит в печаль,
Как дюгонь в толщу вод
У берегов Сулавеси.

2

Недвижные рыбы в прозрачной воде тихого озера,
Далёкие рабочие возле удивительных светящихся механизмов,
Кроткие слоны посреди печальной тундры непостижимым утром,
Разговор птиц над моим окном — всё возвещает твоё появление,
Всё поёт и пророчествует о твоём появлении.
Может быть, в десять часов, в два или в четыре
Я увижу, как ты выйдешь из своей двери,
Как пойдёшь по узкой асфальтовой дорожке
По мелом нарисованной жизни мимо
Кустов и тополей и старух на скамейке.
И целая минута или даже две минуты пройдут,
Прежде чем ты исчезнешь на шумной улице.

*         *         *

Слона совсем на улицах забыли.
Вот мальчик пробежал, не сняв епитрахили,
Ползёт авто, за ним аэроплан
Над домом пролетел, мы видим (крупный план),
Как воробей клюёт вчерашнее печенье…
Слон будто спит, и всходит сновиденье
На тихий трон над похотью очей,
Как слабый маятник гуляет средь свечей.

*  *  *

*как бедный детский человек*

Безлунной ночью улицы полны
Каким-то странным и мирским сияньем.
Я тихо прохожу, как будто сны
Пасутся вдоль дорог воспоминанья.

Средь скал унылых, среди звёзд морских
Не вижу облаков, не слышу тени
Остаток лёгкий сумрачных растений
Проник в усталость линий городских.

Плывёт по небу сонная звезда.
Грифон или тюлень в таинственных местах
Её сочтёт и правильно запишет.

*Тихо Браге*

Мой тихий дом проник какой-то странный свет
И мирный сон нарушил старых статуй,
Предутренней звезды таинственный ходатай,
Зимы кристальной сумрачный привет.
Не ярмарка, но тёмной жизни ход
Мне чудится в ночном и звёздном гуле,
Среди густых и сокровенных вод,
Где поутру созвездья потонули,
И тяжких рыб прерывистый полёт
Уж прекращён, и не быстрее пули
Полей небесных робкий пешеход.

* * *

Червь растёт у берега морского —
Оттого бывает зверь единорог,
Чует сердце среди шума городского:
Снова грустных дней приходит срок.

Снова облака застынут на закате,
А потом увидим в небе тихих рыб.
Синие киты и сумрачные скаты
В глубине хранят уснувшие мечты.

Зверь единорог заплачет тихо,
Тихо отойдёт вечерний кроткий свет.
Словно догоревшая шутиха
Сердце остывает в высохшей траве

*    *    *

И снова облака холодным ветром
Влекутся к островам унылой чередой.
Юродством странным люди посчитают
Тот сон, в который мы с тобой играли.

В ночи среди заснеженной равнины
Далёкий горн и голоса китов.

*  *  *

Старая собака, древняя, как океан,
Неподвижно лежит на тропинке,
И кажется, что она умерла,
Но она только спит.
И я не знаю, проснётся она или нет.

Там, где падали листья.
Где мы следили движения рыб в тихом пруду.

*Летучие мы*

В окно ночное через спящий город
Я вижу тихие далёкие огни:
Жгут люди газ по чьей-то странной воле.
Ещё не слышу всадников, но что-то
Уже как будто чудится.

*animula vagula blandula*

Среди листвы блуждающий фонарь
И угол дома — вот и всё, что вижу
В окно подъезда, на четвёртом этаже.

Настанет осень, и зажгутся звёзды
Наступит ночь, и закричит сова

* * *

Внутри последнего на улице барака
Сейчас какая-то контора, может, СМУ
И даже лысая бездомная собака
Меланхолично воет на луну.
И, чудится, плывёт какой-то шар.

Что делать? Подойти и поклониться?

*  *  *

Там умерла со бака и её
Когда-то чорный важный нос —
Сегодня просто мёртвый нос.
И муравей в него заполз.

* * *

Я вынесу из погреба сороку:
Когда-нибудь как звёзды станем мы.
Небесного покоя слыша токи,
Прейдём из серых дней в сиянье тьмы

Над городом летали молча тени,
Слепец дремал и музыка лилась.
Спокойно стану я среди растений
С ресниц сойдёт мерцаньем кротким власть.

*        *        *

В морях погибель ждёт и исполински змеи
Следят в ночи полёт совиного царя.
Но, ни летать, ни плавать не умея,
О полостях земли мечтать не стоит зря.
Пока во снах витают бывшей жизни
Виденья лёгкие — блеск глаз и шум ресниц,
Луна как чорный часовой в окне повиснет
И властно усмирит кружения ночниц

*Каракорум*

Среди бесчисленных просёлочных дорог,
Где Ленин печенегом проходил,
Следил жуков в тяжёлых сумерках полёт,
И возникали странные виденья:
То танк пройдёт свиньёй средь перелесков,
То томный боров среди нощи проскрипит.
В стране индейской зверь живёт рокун,
И тонкий страх тревожит тайно душу.

*Вторая смена*

Когда четвёртый автобус
Поворачивает на улицу Калинина,
На несколько мгновений
Из окна автобуса становится виден
Дом в глубине двора.
Привычным взглядом
Без труда нахожу пятое
И шестое окно слева
На втором этаже.
И, если окна освещены,
Иногда замечаю в них
Тень или тень тени.

# Часть вторая.

# *Равнодушная природа*

*...И снова грустная карусель со зверями*

*Анастасия Каменева*

## *Выгоняют собаку*

Серым февральским утром, совершая обычную прогулку, я услышал вдалеке как будто выкрики и шум. Они то затихали, то появлялись снова, словно где-то выступали акробаты и зрители приветствовали удачные трюки. Я поначалу не придал этому значения, но по мере того, как я продвигался своим маршрутом, шум всё усиливался, и вскоре передо мной предстала такая картина.

Несколько девочек, предводительствуемые маленькой чорной собачкой, гоняли по хоккейной коробке большую бурую собаку. Та убегала от них вдоль бортов, поджав уши, и время от времени пыталась выпрыгнуть из коробки, но всякий раз падала обратно под визг и крики девочек.

Это было похоже на какой-то странный сон и, казалось, могло продолжаться бесконечно...

## *Холден Колфилд*

На остановке юноша старшего школьного возраста и с ним девочка лет восьми-девяти. Перед тем как садиться в автобус, он взял её за руку.

Мне это чем-то напомнило о Холдене Колфилде и его сестре, которая говорила ему: «Тебе просто ничего не нравится».

*Бухарев*

Ходил на почту получать книжку богослова Бухарева. На почте юноша, у которого недавно умерла мама, и он вместе с почтовыми служащими пытается разобраться в каких-то пенсионных делах, часто повторяя горькое слово «умерла». А на улице луна мрамором высветила участок среди вечерних облаков, таинственно, как в детстве.

## *Путешествие Синдбада*

Одно время я жил по соседству с квартирой, где собирались местные бичи и алкаши. Мне нравилось засыпать, слыша из-за стены их рассуждения, пени или смех. Это было как будто веяние некоего другого незнакомого мне мира, как путешествие Синдбада.

## *Мышонок Пик*

Недавно узнал, что композитор Владимир Мартынов, автор популярной книги «Пёстрые прутья Иакова», ещё и автор музыки к моему любимому мультфильму «Мышонок Пик».

«Мышонок Пик» чем-то напоминает мне аллегорическое переложение сюжета из православной брошюры, о том, что нужно молиться за умерших: мышонок Пик — это как будто душа, оставленная без попечения родными и близкими и потому претерпевающая различные злоключения. Когда же близкие вспоминают о ней, злоключения прекращаются, и душа упокоевается в некоем хорошем месте. Мышонок Пик и в самом деле похож на посмертную душу: он маленький, тихий и робкий; когда начинается очередное неприятное приключение, он смотрит удивлённо и качает головой.

## *Миллиард ворон*

Возвращаясь домой через прибольничную рощу, слышал, как взмахнул крылами миллиард невидимых ворон: порх получился почти оглушающим. Казалось, что это самая Земля Русская снялась с назначенного места и взлетает в небо.

## *Петрушка и куклы*

На лестничную площадку выбросили Петрушку и кукол. На Петрушку к тому же кто-то наступил, и его лицо треснуло.

*Лимб*

Ещё я люблю такое положение. Когда идёшь вечером вдоль по длинной, пустой и сумрачной второстепенной улице, а где-то далеко впереди едва заметно сияние оживлённого центрального проспекта, где трамваи, магазины, а в киосках продают журналы и цветы.

Так у Игнатия Брянчанинова добродетельные язычники на том свете только издали смогут видеть радости Царства.

## *Иван Капица*

В первом или втором классе, гуляя зимою в школьном дворе, я нашёл серую картонную папку. На ней аккуратным почерком было надписано чернилами: «Капица Иван». Я открыл папку и нашёл там подшивку разных документов, принадлежавших этому Капице Ивану, тоже учившемуся в нашей школе, но очень давно (в табеле рядом за алгеброй и геометрией шла архаическая тригонометрия). Кроме табелей с четвертными и годовыми оценками, в папке находились какие-то медицинские справки, записки, ещё что-то. Судя по табелям, учился этот Капица Иван плохо. Завершалась же подшивка документов справкой о том, что Капица Иван переведён из нашей школы во вспомогательную.

*Неудачливые полярники*

Мальчик лет девяти лежал в сугробе у пешеходной дорожки без каких-либо признаков жизни. Недалеко от него, среди ёлок, брела по пояс в снегу девочка такого же возраста. Было заметно, что силы покидают её, и вскоре она рухнула в снег. Видя такое положение вещей, прохожие стали замедлять шаг, а некоторые даже остановились. Тогда мальчик повернул голову, улыбнулся и сказал, не меняя, впрочем, своего положения: «Это мы играем».

Интересно, во что же они играли? Во что можно так играть? Наверное, в каких-нибудь неудачливых полярников, наподобие экспедиции Роберта Скотта.

## *Спящий кондуктор*

Сегодня мне попался автобус со спящим кондуктором. Пожилая женщина дремала на своём месте, не обращая внимания на входящих и выходящих пассажиров. Я тоже не стал её тревожить, ибо слишком хорошо знаю, что она сказала бы в таком случае — что «отрадней спать, отрадней камнем быть» или же что-то подобное, а я слышал это уже много раз, и мне на это было, в общем-то, нечего сказать.

*Ломоносов*

В детстве Ломоносов казался мне счастливым человеком.

Я тогда часто перечитывал «Вечернее размышление», и оно всегда оставляло впечатление некоего прекрасного уюта.

*Зачем огоньки*

Прогуливаясь, я заметил, что в один из дворов, мимо которых я проходил, приехала мусорная машина и за ней роились какие-то огоньки. Первая моя мысль была — что люди выбрасывают светящийся мусор, что, может быть, например, начали делать такие мешки для мусора, которые светятся в темноте. Потом я подумал, что, возможно, люди выбрасывают светящихся рыб, что, может, жителям этого района надоели светящиеся рыбы. И только приглядевшись, я понял, что просто за мусорной машиной скопились другие машины, и их горящие фары я сквозь слёзы принимал то за кульки с мусором, то за несчастных рыб.

*Тень*

В парке навстречу мне с боковой дорожки сворачивала женщина, как мне показалось, с большой тёмной собакой. Но потом оказалось, что это была её тень. Тень легла на сугроб у края дорожки и на какое-то мгновенье стала подобна собаке, а потом всё вернулось на свои места.

*Сон*

Видел во сне простую жолтую собаку, которая заботилась об утке.

*Возвращение*

Поворачивая, машина увлекла за собой на проезжую часть лежавшую на обочине водочную бутылку. Попав на проезжую часть, бутылка осторожно покатилась обратно и скоро вернулась на прежнее место.

## *Мы не знаем*

На узкой, проложенной среди сугробов тропинке мне встретились две девочки с небольшой собачкой. Собачка тотчас же потянулась ко мне, что меня немного встревожило (какой интерес может иметь хотя небольшой, но хищный зверь к незнакомому человеку, кроме гастрономического?), и я, может быть, не очень удачно, спросил у девочек, не собирается ли их собака съесть меня. Первой девочке мои слова показались смешными[1], и она успела сказать только: «Такой большой...» и рассмеялась. Зато ответ второй девочки мне очень понравился — она сказала: *«Мы не знаем».*

---

[1] Видимо, она решила, что я предположил, будто их собака может съесть меня полностью. Как будто я настолько глуп, чтобы подумать такую нелепость — понятно, что маленькая собачка не может полностью съесть человека (во всяком случае, сразу), но съесть его частично ей, тем не менее, вполне по силам. Ведь и косатки, когда нападают на превосходящих их по размерам финвалов и кашалотов, не съедают их полностью.

## *Портрет*

Маленький старичок с палочкой. Рубашка на его груди расстёгнута, и через расстёгнутую рубашку видна татуировка во всё туловище — портрет женщины. На животе у старичка шов от операции, как раз от носа до подбородка женщины. Как будто ей, как в древней какой-то деспотии, зашили рот за дерзкое или неуместное высказывание.

*Среднеазиатская овчарка*

В парке пожилой человек прогуливается со среднеазиатской овчаркой. При этом он делает так: рассыпает по асфальту какую-то еду, прилетают голуби и активно клюют это, прямо перед носом собаки. А собака с интересом наблюдает. Кажется, что он делает это специально, чтобы развлечь собаку.

## *Мужчина и рыба*

Однажды один мужчина превратился в рыбу. Он был настоящий мужчина, и рыба из него получилась тоже настоящая.

Как-то он вышел из автомобиля (ибо какой же настоящий мужчина без автомобиля) и собрался было куда-то идти. И вдруг — никакого мужчины уже нет, но лежит на снегу рыба: рот открывает и хвостом бьёт. Тут мимо проходила старуха, видит, лежит возле джипа рыба, свежая, даже ещё живая. И старуха подняла рыбу, завернула в какую-то бумажку и понесла домой. И её тоже можно понять: у неё дома два кота, а пенсия маленькая.

## *Костя Соболев*

Костя Соболев, бывший гимназист, служил начальником расстрельной команды. Когда он поздними зимними ночами возвращался со службы домой (расстреливали по ночам), он смотрел на сияющие над ним созвездия и ему виделась непонятная, но явная связь между звёздным небом над головой и тем, как работает расстрельная команда, тем, как щёлкают выстрелы и валятся на подвальный пол очередные головы гидры контрреволюции — головы спекулянтов, дезертиров и мешочников. «Революция беспощадна, — думал Костя, — революция свирепа. Но нет ничего прекраснее этой беспощадности. И просто смешно судить революцию с точки зрения человеческой морали. Революция — это космическая катастрофа. Восходит новая прекрасная и страшная звезда, и всё вокруг неё просто не может не обратиться в пепел». Костя ощущал себя в самом центре этой катастрофы, её неотъемлемой частью, и от этого чувствовал сладкую пустоту в душе.

Но случилось несчастье… Когда в город вошли передовые части дивизии генерала Драгановича, Костя не смог убежать, как это сделали многие его товарищи. Погружённый в своё тихое мистическое ликование, он не стал даже прятаться. И уже на следующий день после вступления в город белых Костя Соболев висел на воротах железнодорожных мастерских.

*Безногий*

Я увидел его в год своего четырнадцатилетия поздней, уже умирающей зимой где-то в конце февраля или начале марта, вечером пасмурного дня, в ту пору, когда ещё не стемнело, но в окнах уже зажигают огни. Он шёл куда-то через наш двор в компании двух человек. Дом, в котором я жил и живу, находится в самом буквальном смысле на окраине города, за ним стоит ещё один дом, потом дорога, а дальше уже идут нежилые постройки — гаражи и промзона (правда, ещё дальше, за промзоной, есть ещё какие-то посёлки, в которых тоже живут люди, но это уже такая чудовищная глушь, что её лучше и не упоминать). Так вот, они шли именно со стороны промзоны, с нежилой стороны.

Безногий, насколько можно было разглядеть, был уже пожилой человек с простыми и грубыми чертами лица. Передвигался он, опираясь руками, в которых были какие-то колодки, о землю, причём передвигался очень ловко, казалось, что ему без особого труда удаётся не отставать от своих идущих ногами товарищей. Этому способствовали мощные и очень непропорционально длинные руки, так, что казалось, что он идёт на руках. Туловище тоже было могучее и длинное, какое должно было бы принадлежать очень высокому человеку. Остаток ног безногого был одет в чудовищно огромный, с какой-то великаньей ноги грязно-жолтый валенок, к тому же обращённый носком назад — казалось, что он почти сидел в этом жутком валенке.

В этой удивительной фигуре урезанного великана в валенке было что-то страшное и почти величественное, так он отличался от привычно окружающих нас людей, что тогда мы даже прервали обычный свой разговор, и молчали, пока мимо нас шла эта странная процессия.

Больше я никогда не встречал этого человека.

*Геополитик, ничего не наблюдающий*

После долгих блужданий по коридорам нам наконец встретилась какая-то пожилая служащая. Я разъяснил ей суть нашего дела. «Это вам к Сергею Иванычу надо!», — ответила она. И ещё повторила: «Да, это к Сергею Иванычу, — как будто хотела уверить себя в том, что нам надо именно к Сергею Ивановичу, — последняя дверь направо!»

Мы подошли к указанной двери, я вежливо постучал, и мы вошли. Так мы оказались в длинной полутёмной комнате. Во всю длину комнату стоял сколоченный из досок длинный стол. Стены комнаты, по обе стороны от стола, были до самого потолка заставлены стеллажами, тоже сколоченными из досок. На полках стеллажей в полумраке можно было различить множество разнообразных астролябий. Комната освещалась единственной тусклой лампочкой, находившейся на дальнем от нас конце комнаты. Там же, обратившись спиной к нам, топтался на месте огромный грузный человек в чорном костюме. Иногда он выделывал какие-то причудливые па, становясь при этом похожим на какого-то гигантского неприятного мотылька.

«Сергей Иванович!», — тихо сказала моя спутница. И тотчас же человек с шумом рухнул в угол комнаты. Это было похоже на то, как будто обрушилось какое-то металлическое сооружение, наподобие буровой вышки.

Мы сразу вышли из комнаты и закрыли дверь. Мимо нас по коридору, стуча каблуками, шли две какие-то женщины. «Рыбу мы берём не там, — сказала она одна из них другой, — ты знаешь, напротив автовокзала открыли новый магазин "Свежая рыба", сразу напротив автовокзала, где-то месяц-полтора назад открыли. Вот там мы берём, там всегда хорошая рыба».

## *Образ рая*

Однажды, в середине девяностых годов, я попал в маленькое почтовое отделение. Там была небольшая очередь, человек пять. Встал в очередь. Осмотрел интерьер: стеклянная перегородка, разъединяющая почтовых служащих и посетителей, на ней какие-то трафаретные надписи, объясняющие, как надписывать посылки и т.п., за перегородкой образцы поздравительных телеграмм — нехитрые цветы, заяц с обвязанной ленточкой морковкой: «Поздравляю!», по образцам ползает муха. У потолка тускло светит единственная лампа.

Очередь продвигалась как-то особенно медленно. И вдруг мне представилось, что, кроме этого почтового отделения, ничего в мире нет. И если выйти за дверь, там за дверью только жуткий мрак небытия. И что ничего больше никогда не случится — ни болезни, ни печали, ни воздыхания. Вообще ничего уже не будет, поскольку время кончилось. И всё, что осталось: серые люди в неподвижной очереди, почтовая тётенька, заяц с морковкой, муха, образцы заполнения бланков — осталось уже навечно. И тогда мне показалось, что вот это ощущение неизменности — это, должно быть, и есть рай.

*Дом слепых*

Мимо конторы, в которой я служу, постоянно ходят люди — возвращающиеся из школы школьники, старухи, женщины и семейные пары с колясками. В этом не было бы ничего удивительного, если бы я не знал, что все они идут в сторону промзоны, что в стороне, куда они идут, находятся только предприятия, что там никто не должен жить.

Я давно хотел узнать, куда идут все эти люди, но не решался спросить. Наконец всё же подошёл к двум шедшим в том же направлении девочкам-старшеклассницам и сказал:

— Простите, но куда вы идёте? Там же промзона, там никто не живёт.

— Мы там живём, — угрюмо ответили девочки.

Их слова вызвали поначалу у меня недоумение: где это они там могут жить? И тут я вспомнил, что в том направлении, куда шли девочки, действительно находится один жилой дом — это дом, где живут слепые инвалиды.

С воодушевлением человека, совершившего неожиданное открытие, я воскликнул:

— А, так вы в дом слепых идёте, вы слепые!

— Мы не слепые, — так же угрюмо, как раньше, ответили девочки.

Но моё воодушевление не иссякало:

— А чем вы это докажете? — продолжил я. — Вот скажите, есть у меня на голове шапка?

— Есть, — сказала одна девочка.

— Нет, — почти одновременно с ней сказала другая.

*К генеалогии сумчатого слона*

1. подлинный слон
2. полуденный слон
3. кукольный слон
4. сумчатый слон

## *Константин Леонтьев*

Мне кажется, что Константин Лебедев, снабжавший рыцаря Алексеева ценнейшими продуктами питания, — это Константин Леонтьев, прихотью автора перенесённый в другую историческую эпоху.

## *Как граф Зубов самоедов воевал*

Как-то Екатерина Великая узнала, что самоеды собираются отложиться. Было у неё тогда три фельдмаршала: великий Суворов, князь Репнин и граф Зубов. Но Суворов и Репнин были заняты на войне с турками, и отправляться на самоедов пришлось графу Зубову. Взял он великое войско, пришёл в самоедскую землю, собрал старшин самоедских и говорит: «Как смели вы отложиться! Как смели вы прогневить Государыню! Я пришёл к вам с великим войском, всех вас побью!» А старшины ему говорят: «Погоди, мы тебе нечто покажем». И показали ему китов и ошкуев и единорогов и слонов морских и тюленей и моржей великих множество. И спрашивают Зубова: «Каковы тебе звери сии?» «Страховидны зело!», — отвечает им Зубов, а сам зубами от страха стучит. «Вот видишь, — говорят ему старшины, — а мы сих зверей бьём и едим. Хочешь ли ты нас воевать?» Устрашился Зубов, взял войско и возвратился в землю свою.

*Море спокойствия*

На улице мужик в полушубке защитного цвета погнал немолодую женщину в синем пальто, и та побежала от него рысцой: трюх-трюх. А он кричал ей вслед оскорбления и угрозы. Потом побрёл куда-то, негромко повторяя: «Сукаблясука».

А луна заливала всё окружающее удивительным голубым светом. В тот вечер она была хотя и маленькая, но очень яркая. Так что, присмотревшись, можно было разглядеть все основные объекты лунной географии: и океан Бурь, и море Спокойствия.

## *Побывал в театре*

Возвращаясь из театра, я уже почти дошёл до своего дома, когда с ночного лежбища гигантских собак вдруг поднялась одна, особенно крупная, и сказала: «Знаете ли Вы, что, став на задние ноги, я легко достигаю роста среднего человека и даже могу стать немного выше?» — «О, да, — закричал я в испуге, — я охотно Вам верю, и даже нисколько не сомневаюсь в истинности Ваших слов». «Это хорошо, что Вы верите мне на слово, — пробурчала собака. — Вы не представляете себе, сколько кругом бестолковых людей, которым приходится доказывать это на деле».

## *Лев Шестов*

Когда, лет десять назад, один из томов собрания сочинений Льва Шестова упал в ведро, предназначенное для мытья полов, я принял это, как небольшую катастрофу. Сейчас же всё так зажило, что надо специально рассматривать, чтобы понять, какой из томов упал в поломойное ведро.

## *Мужское*

Мужчина в ярости бросил с балкона шахматную доску. Она ударилась о ствол дерева, раскрылась, и из неё посыпались на землю шахматные фигурки. Я, обрадованный тем, что дело обернулось подобным образом, бросился собирать фигурки и скорее побежал с ними домой. Но мама не одобрила фигурок и велела их выбросить. Я вынес фигурки из дома, но, конечно же, не стал их выбрасывать, а похоронил фигурки в надёжном месте. Я и сейчас помню место, где я зарыл фигурки, и, когда прохожу мимо, часто думаю о том, до сих пор ли они там лежат или их кто-то откопал? А если откопал, то куда дел?

## *Не говорят*

Одного человека ударила носом пробегавшая мимо собака. «Эй! Что ты себе позволяешь?!» — закричал возмущённый таким обхождением человек. «Зачем ты меня спрашиваешь? — обернулась собака. — Разве ты не знаешь, что собаки не говорят?»

*Труляля и Траляля*

В старом советском документальном фильме про полёты на Луну скафандры первых советских космонавтов, побывавших на Луне, удивительно похожи на доспехи Труляля и Траляля с рисунка Тенниела.

*Мёртвые*

Подходя к своему подъезду, философ X. заметил двух серых мужиков, лежащих прямо на асфальте. «Надо же, как нажрались», — невольно подумал философ X. Тогда один из лежащих открыл глаза, внимательно посмотрел на философа снизу вверх и сказал: «Мы не пьяные. Мы мёртвые».

## *Клятва*

Однажды два молодых человека, отдыхая на даче, забрались на пригорок и там дали друг другу клятву, что найдут серую собаку и будут всюду следовать за ней, как бы ни складывались обстоятельства.

Вскоре они нашли серую собаку, и поначалу всё было хорошо: собака бежала, а молодые люди шли за ней. Но вдруг собака остановилась, села на землю и начала чесаться. Молодые люди тоже остановились и, поражённые таким оборотом событий, долго не могли понять, как же им быть дальше. Но тут один из них догадался: он взял палку и ударил ею собаку. Собака вскочила на ноги и побежала, и молодые люди снова пошли за ней. Но главные испытания ждали их впереди.

Когда собака пробегала по одной улице, в заборе одного из дворов открылась калитка, откуда маленькая девочка закричала: «Дружок, Дружок, иди сюда!» Собака побежала к ней, девочка впустила собаку во двор и закрыла калитку на запор. Молодые люди подошли к калитке и стали стучать, но им не открыли. Тогда они решили перелезть через забор. Но девочка заметила перелезающих через забор людей и закричала: «Папа, папа! К нам лезут воры!» Отец девочки вышел на крыльцо с ружьём и застрелил молодых людей.

Так молодые люди погибли, но ничем не нарушили данной друг другу клятвы.

*Грибница*

Как-то у нас решили перенести памятник Ленину. Докопались до его основания, а оттуда по всей площади, на которой стоял памятник, идёт целая грибница из металлических прутьев и штырей. И для того, чтобы Ленина снять, надо будет перекапывать всю площадь.

Пришлось оставить Ленина на прежнем месте.

## *Георгий Иванов*

Приснился Георгий Иванов. Он на корточках мыл полы, я стоял над ним, и мы говорили о революции. Иванов сказал, что он за «аграрно-зелёных» (так он выразился). Я сказал, что если он за «аграрно-зелёных», то должен быть и за революцию, потому что именно «аграрно-зелёные» и совершили революцию. Он спорил со мной, утверждая, что это не так и что «аграрно-зелёные» контрреволюционны. Потом обиделся и вообще перестал со мной говорить.

Ещё мне было неловко, что старенький Георгий Иванов моет полы, а я стою и смотрю, и я попытался было помочь ему, но скоро понял, что мыть полы я совсем не умею и буду ему только мешать.

## *Мыши*

У философа дома завелись мыши. Но это были довольно странные мыши. Во-первых, они не пищали, а как будто тоненько трубили. Во-вторых, они не тронули сало, которое философ однажды оставил на столе, но зато объели все цветы на подоконнике. Философ решил выяснить, в чём тут дело, и стал подкарауливать мышей.

И вот однажды ему удалось поймать одну мышь. Но, присмотревшись, философ обнаружил, что это совсем не мышь, но слон. Слоп совсем такой же, как слоны в цирке, с хоботом, бивнями, крыльями, только очень маленький, размером с мышь, а то и поменьше. Философ посадил слопа в трёхлитровую банку, а чтобы слон не улетел, сверху положил тетрадь. Но, проснувшись утром, он увидел, что тетрадь лежит на полу, а банка пуста. Видимо, слоп всё же улетел, сбросив усилием тушки тетрадь.

Когда потом философ рассказывал своим знакомым о том, что поймал у себя дома маленького земляного слона, знакомые только смеялись: «Ну откуда у нас слоны? Слоны в Африке!» Философ возражал: «Ну почему только в Африке? Слоны живут ещё и в Индии, почему бы им не жить и у нас?» Но ему всё равно не верили.

## *Собачье государство*

Юэбиньский владетель был раньше в дружеских связях с жужаньцами. Однажды он с несколькими тысячами человек вступил на жужаньские земли, желая увидеться с каганом Датанем. По вступлении в пределы его, ещё не проехал 100 ли, как увидел, что мужчины не моют платья, не связывают волос, не умывают рук, женщины языком облизывают посуду. Он обратился к своим вельможам и сказал: «Вы смеётесь надо мной, что я предпринял путешествие в это собачье государство!» И так он поскакал обратно в своё владение.

*Аня Короткова*

Однажды девочка Аня Короткова пошла в магазин, чтобы купить булочку, но по дороге увидела поливальную машину и так удивилась, что забыла про магазин и стала смотреть на машину. Машина приближалась всё ближе и ближе, наконец, подошла совсем близко к Ане, остановилась, оттуда вылез человек в жолтой куртке и сказал страшное: «Чё встала?! А ну пошла отсюда!», ещё он сказал слово, которого Аня не знала. Аня тут же вспомнила про магазин, побежала туда, купила булочку, а на обратном пути ещё и встретила смешную собачку, так что скоро забыла жолтого человека, его страшные слова и его удивительную машину.

## *Клеветникам России*

А в соседнем подъезде жил юноша Женя Барсукин, который, после того как любимая им девушка вышла замуж, повредился в уме. Он каждую ночь ровно в два часа подходил к балкону квартиры, где когда-то жила его возлюбленная, а сейчас жили её родители, и очень громко, с выражением читал стихотворение «Клеветникам России».

«Иль мало нас?!» — ревел Женя, бросая яростные взгляды на балкон родителей возлюбленной. «Сейчас милицию вызовем!», — отвечали ему с балкона.

## *Хвостом по голове*

В очереди в почтовом отделении девочка, повернув голову, ударила стоявшую рядом с ней женщину хвостом по голове.

*Из дневника неизвестного*

«К нашему прибытию на станцию все лошади уже были разобраны, и нам пришлось запрячь полуслона...»

## *Космонавты*

В первые годы освоения космоса космонавты часто доставали с неба звёзды и привозили на землю как сувениры. Большие звёзды вроде Альтаира или Антареса — они размером с трактор, их не утащишь, а вот маленьких и средних космонавты перетаскали множество. Но потом астрономы стали жаловаться, что в созвездиях пропадают звёзды, из-за этого нарушаются их расчёты и в целом страдает астрономическая наука. Тогда космонавтам запретили таскать звёзды, а некоторые, особенно ценные в астрономическом отношении, звёзды даже заставили вернуть на место.

## *Брат Пушкин*

Можно представить себе, что Пушкин и Хлестаков не умерли сравнительно молодыми людьми, а достигли преклонных лет и значительных чинов, но так, чтобы Хлестаков был главнее (например, Пушкин — директор департамента, а Хлестаков — министр, или Пушкин — камергер, а Хлестаков — обер-шенк). И вот вызывает Хлестаков Пушкина к себе и говорит: «Ну что, брат Пушкин?»

*Монархия*

Считается, что среди монархистов в США главенствуют три основные партии. Одни хотят вернуть свою страну под власть английской короны, другие хотят учредить свою собственную монархию, но возглавить её должен монарх из английского правящего дома, третьи же выступают за то, чтобы король был американец. Это напоминает разделение на легитимистов, орлеанистов и бонапартистов во Франции XIX века.

*Глубокомысленные рыбы*

Подобно тому, как в толще вод живут глубоководные рыбы, архитеутесы и другие удивительные создания, в глубинах человеческой мысли тоже есть своя фауна, свои рыбы и моллюски.

Когда безжизненные мысли опускаются на дно сознания, эти странные существа начинают их объедать, превращая в те клочья и ту труху, которую мы иногда замечаем, когда какое-то событие, вроде внезапного пробуждения, вдруг поднимает её со дна.

## *Новые философы*

Желание стать философом привело меня в компанию людей, поистине фантастических. Один из них, Аллен, был длиннобород и обладал громовым голосом. Другой, Жан-Марк, никогда не расставался с посохом. Третий, Андрэ, был слеп на один глаз и в любой ситуации находил основания для того, чтобы просить подаяния. Ещё он плохо держался на ногах и, случалось, падал прямо на ровном месте. При этом его товарищи продолжали свой путь и никогда не останавливались, чтобы помочь или хотя бы подождать его. Однажды он так и потерялся.

*Пелопоннесская война*

Однажды, когда я вечером возвращался домой, меня сопровождали необыкновенным эскортом две девочки на велосипедах: они появлялись из-за моей спины, объезжали меня и исчезали среди домов, потом снова необъяснимым образом появлялись сзади.

Когда же девочки оставили меня, я сразу наткнулся на уличную драку: голый по пояс мужик дрался, потрясая животом. Ах, как давно не видел я уличной драки! А ведь во времена моего детства она совсем не была редкостию. Обычно уличная драка состояла в том, что два сильно пьяных мужика толкались, сопровождая толкание своё матерным мычанием или выкриками. Как правило это обходилось без каких-либо серьёзных последствий. Но мириады окружающих тёток поднимали при этом такой шум, как будто началась как минимум Пелопоннесская война.

## *Необыкновенное чаепитие*

Утром во время завтрака кот уселся у другого конца стола таким образом, что мне с моего места был виден только его горб.

*Парацельс*

На автобусной остановке, с которой я езжу на службу, уже давно живут большие простые собаки. Чем они живут — непонятно, всегда, когда я их вижу, они или уныло лежат прямо на земли, или переходят с места на место и потом снова ложатся. Правда, иногда и у них бывает праздник — когда приходит коровья собака. Тогда они машут хвостами, танцуют, поют тоненькими голосами и всячески стараются изображать веселье.

Я замечал, что в новых районах, где не закончилось ещё строительство домов, всегда много собак. Во времена Парацельса по этому поводу можно было придумать целую теорию — что строительные работы, например, такие, как рытьё котлованов или долбление скважин, нарушают равновесие элементов в земной коре, в результате чего потревоженная земля порождает собак, как некогда породила гигантов и сторуких. Неслучайно собаки обычно бывают земных цветов — бурые, жолтые, серые, чорные. Зелёные, синие или розовые собаки встречаются намного реже.

## *Спутник*

В детстве я видел фильм про первый спутник (тот самый, круглый на длинных ножках), и вокруг него ходили люди в белых халатах. И меня тогда поразили эти белые халаты. Я подумал, раз белые халаты, то, получается, спутник тоже что-то вроде живого существа, и он тоже может болеть, страдать, любить...

## *Встретил девушку*

Возвращаясь со службы, я встретил девушку возле светофора. Мы вместе ждали зелёный свет, потом так же, вместе, перешли улицу и после этого ещё какое-то время шли рядом, пока я не свернул в сторону. Девушка держала у уха мобильный телефон. И за всё время, что мы были вместе, она сказала туда (в телефон) только два слова: «представляешь» и «молодец».

*Козявка*

«Машина — козявка!», — возмущённо сказал маленький мальчик, которого мать отвела в сторону, чтобы дать дорогу легковому автомобилю.

## *Пётр Дамиани*

В старом кинофильме «Старик Хоттабыч» меня с детства поражала одна ситуация — когда Волька просит Хоттабыча отменить очередное неудачное волшебство и при этом ещё сделать так, «чтобы все об этом забыли». Это ведь почти как у Петра Дамиани — сделать бывшее небывшим. Правда, не «онтологически», но психологически — бывшее не перестаёт быть бывшим, оно только перестаёт кем-либо восприниматься как бывшее, но ведь это же почти то же самое.

## *Товарищ собаки*

Собака очень ловко перебежала улицу прямо перед идущими машинами. А вот её товарищ (тоже собака) не успел этого сделать, и ему пришлось пропустить целую вереницу машин, да к тому же ещё и автобус, прежде чем он тоже сумел перебраться на другую сторону.

## *На остановке*

На автобусной остановке две девочки кормят одинокого голубя. Он неспешно клюёт что-то прямо из рук, потом перестаёт клевать и начинает так же неспешно прогуливаться по остановке, потом возвращается и снова клюёт. А третья девочка, немного в стороне, схватила чей-то сак и крутится с ним вокруг своей оси, как дервиш.

## *Каспар Хаузер из фильма*

Этой весной я снова начал падать, и мне назначили необычное лечение. Состоит оно в следующем.

Я захожу в белую комнату. Там медсестра прикрепляет к моей голове провода: один ко лбу и ещё два — за ушами. «Так держать», — просит она меня придержать провода. «Так держать», — повторяю я за ней механически, как Каспар Хаузер из кино. Она же тем временем повязывает мне на голову платочек со зверятами.

Потом меня положили на какую-то скамью и накрыли одеялом. После этого включили магнитофон. Оттуда защебетали птички, «бак-бак-бак» — закричали уточки, а потом кто-то вдалеке заиграл на арфе.

*Мечтать*

Девочка убежала от собаки за угол дома и спряталась за деревом.

Оставшаяся за углом собака сидела и мечтательно смотрела куда-то вдаль.

## *Красный дяденька*

В автобусе на сиденье позади меня сел юноша с маленьким мальчиком. Юноша начал (с большой охотой) объяснять мальчику окружающие вещи. Так он дошёл до светофоров: «Смотри! Смотри, *красный дяденька*!» Мальчику очень понравились светофоры: «Ессё показесь?» — попросил он. А вскоре он и сам научился находить их: «Смотли, ессё целовецек!»

*Tales about dwarfs and gnomes*

Самое любимое для меня сочетание времени года и времени суток — вечер неранней осени. Тут, конечно, любимая моя тема — взаимопроникновение ночного и дневного миров. Когда идёшь из школы, а кругом — полуночная почти темнота, так, что даже не видишь, что под ногами. И, вдруг, среди этой темноты — играющие дети или открытый магазин. И городские огни совсем особенные, не такие, как летом или зимой, и вокруг удивительные сочетания синего, золотого, зелёного, серого, и повсюду ощущение какого-то потустороннего уюта, и, часто — звёзды.

## *Всё новое*

Тогда мне было двенадцать или тринадцать лет, и я ездил в Москву. В Москве я ходил по каким-то своим делам, и, проходя мимо остановки, на которой останавливались автобусы и троллейбусы, вдруг заметил среди ожидающих людей девочку. Обычную внешне девочку моих лет в серой куртке и джинсах. Но мне она показалась настолько прекрасной, что я невольно остановился и несколько секунд не мог двинуться с места. Она заметила это и, презрительно посмотрев на меня, отвернулась. Я понял, что никогда больше её не увижу, и уже не мог продолжать свой путь, а остаться на той остановке показалось мне невозможной дерзостью. Но на другой стороне улицы была ещё одна остановка, на которой останавливались автобусы и троллейбусы, ехавшие в противоположном направлении. Я прошёл туда и остановился, как будто в ожидании автобуса или троллейбуса. Хотя это было достаточно далеко, яркое весеннее солнце так хорошо освещало остановку, где стояла девочка, что я легко распознавал среди окружающего её серую куртку, видел, как она прохаживалась по остановке и снова останавливалась. Но вот проехал один автобус, за ним другой, а девочка по-прежнему оставалась на остановке. Проходило время, проехали ещё пять или шесть автобусов и троллейбусов (там было много разных маршрутов), а она всё не уезжала. И это вдруг вызвало у меня очень явное и отчётливое ощущение некоего чудесного вселенского переворота, того, что старая жизнь кончилась, а на её место приходит что-то новое и прекрасное.

Но потом, конечно, приехал нужный для неё автобус или троллейбус, и она уехала.

## *Кукла*

В детстве я никогда не ходил в детский сад, и у меня почти не было товарищей-ровесников. Моё общество составляли преимущественно девочки-подростки, которых в то время почему-то было очень много в нашем дворе. Да и их вряд ли можно было бы в полной мере считать моими товарищами — они, скорее, играли со мной, как с большой и умной куклой.

Иногда они брали меня с собой, когда шли по своим делам. Так, один раз вечером я пошёл с двумя девочками в подростковый клуб. Была неранняя осень — деревья уже сбросили листья, но было тепло, и небо было ясное. И, пока одна из девочек заходила в клуб, другая показала мне летящую по небу звезду. А когда я вернулся домой, то застал детскую телепередачу, в которой артист в длинном чорном сюртуке рассказывал стихотворение о волшебнике, собирающем упавшие звёзды — должно быть, что-то из Гарсия Лорки или чего-то, похожего на Лорку.

## *Пасха*

Утром я проснулся от того, что кто-то упорно звонил в дверь. Я с ужасом подумал, что неужели в такой день я кого-то затопил или случилось ещё какое-нибудь несчастье. Но когда я посмотрел в глазок, я увидел только лишь трёх маленьких девочек, которые немного по-заячьи поднимались по лестнице на вышестоящий этаж. Когда я открыл дверь, они спустились. Самая маленькая девочка, оказавшаяся ближе других ко мне, что-то мне прошептала, но очень-очень тихо, так что я ничего не расслышал и переспросил. И тогда она произнесла немного громче: «Христос воскресе!»

## Часть третья.

## *Сказки песни о котах*

## Предуведомление автора к третьей части

*В этой части книги собраны произведения разных лет, посвящённые преимущественно котам и подобным им братьям нашим меньшим, а также шуточные произведения. Они не вполне вписываются в концепцию первых двух частей книги, но тоже дороги автору.*

*Зайций*

«Дедушка, дедушка, я зайца видел!» — в избу вбежал шестилетний Вася.

«Ну и каков он?» — строго спросил дед.

Вася описал увиденного зайца.

Немного помолчав, дед сказал: «Это ты не зайца видел, а зайция, — иное дело, заяц, иное дело, зайций. Не надо путать».

## *Кот*

Мне кажется, словом «кот» можно было бы ещё назвать процесс качения какого-нибудь предмета, как, например, словом «ток» называют процесс течения («по коим крови льётся ток»). Например, «кот бревна по склону холма».

Впрочем, неслучайно котом называют именно круглое животное.

*Из тайного журнала*

«Читал вечером Маллармэ, вдруг чувствую — от меня ускользают смыслы. Троих мне удалось поймать, а одного схватил непонятно откуда взявшийся котик и унёс куда-то.

Котик мышиного цвета».

## *Кошачий бой-френд*

Так получилось, что у одной девочки совсем не было бой-френда. Тогда она завела себе кота.

Когда все девочки вечером гуляли с бой-френдами, эта девочка гуляла с сумкой, в которой кот. Пока она ходила по вечерним улицам, кот в сумке спал.

Когда все девочки шли с бой-френдами в дискотеку, эта девочка шла туда с сумкой, в которой кот. В дискотеке она ставила сумку в самый дальний угол, чтобы кота не толкали ногами. Пока девочка танцевала в дискотеке, кот в сумке спал.

*     *     *

Интеллигентная старушка выговаривает ханыжного вида мужичку: «Вчера Ваш кот опять весь день кричал под дверью!» Тот недоумевает: «Ну и что?» Старушка на это: «Как это “ну и что”? Это безобразие! Уважайте своего кота!»

*Ностальгия*

Сидел с котом на кухне. Вдруг тот ни с того ни с сего вспомнил про Ур. Бормочет про себя: «Ур-Ур. Ур».

Ну, а что Ур-то?

«Нельзя, — говорю я коту, — дважды войти в одну реку. Давно уже нет такого города. Чего уж сейчас-то вспоминать».

И тут он — бумм! — упал с табурета на пол.

## *Моруа*

Однажды во времена моего детства в нашем подъезде появилась пёстрая кошка. Когда она встречала нас, то говорила: «Моруа, Моруа!» Как будто представлялась. Мы с мамой так и назвали её: Моруа. Тем более, тогда был премьер-министр Моруа.

На самом же деле эту кошку звали Муська.

*Стансы*

1

Собачка
И курочка,
Курочка
И собачка.

2

Мыши, мыши, мыши, мыши.
Мыши.

3

Это я.
Это ты.
Это мы,

А не коты!

4

Небольшая поэма

Кот
Толст

5

Где шли коты и пронесли хвосты,
Там вырастут прекрасные цветы.

## *Портфельные инвесторы*

У меня в портфеле появился какой-то странный запах. Как будто бы лыжной мазью пахнет. Поначалу я даже забеспокоился, заподозрив, что, может быть, в моём портфеле завелись инвесторы. Но, к счастию, вскоре выяснилось, что инвесторы здесь не при чём, а запах происходил от мозольного лейкопластыря, который случайно оказался в портфеле.

К семейству настоящих инвесторов (investori genuini), кроме уже упомянутого портфельного инвестора, относятся два ныне живущих вида — инвестор стратегический и инвестор обыкновенный, а также ископаемый гигантский инвестор, обитавший в начале плейстоцена на Мадагаскаре.

Основной отличительный признак инвестора — вибриссы. Если у Вас нет вибрисс, значит, Вы не инвестор.

*       *       *

Так говорила собачища:
«Посмотрим, в клочья разорву как вашего котищу!»
Но кот раздулся, зафырчал,
Вон когти выпустив, хвостом о землю грозно застучал.
И в страхе прочь бежала собачища.
Остался цел и невредим котище.

*　　　*　　　*

Чем больше уши, тем короче ноги —
Собака толстая не скачет по дороге,
Но в мир бежит рысцою торопливой
Вдоль ямы выгребной и зарослей крапивы

*Дункель*

Тихо скрипнула дверь бессонной комнаты.
Я вижу большой тёмный нос —
На коротких и сильных ногах тяжёлая собака
Вошла.
И вот она уже чешется в лунном свете

*Он убежит*

Возвращаясь домой, был предупреждён двумя по виду озадаченными чем-то девочками: «Не ходите туда, там котик».

Я удивился: «Что же, он съест меня, что ли?»

«Нет, — ответили девочки, — но он убежит».

# СОДЕРЖАНИЕ

## Часть первая. ДВЕ РЫБЫ

### Мир дремлющий



### Другие стихи

## Часть вторая. РАВНОДУШНАЯ ПРИРОДА

Часть третья. СКАЗКИ ПЕСНИ О КОТАХ

www.ingramcontent.com/pod-product-compliance
Lightning Source LLC
Chambersburg PA
CBHW070626310726
48982CB00001B/178

*9780983876243*